QUÉBEC/AMÉRIQUE JEUNESSE

Dirigée par Anne-Marie Aubin

DESTINS

DESTINS

CONTES QUÉBÉCOIS 16

MARC LABERGE
ILLUSTRATIONS DE **FRÉDÉRIC EIBNER**

QUÉBEC/AMÉRIQUE JEUNESSE
1380 A, rue de Coulomb
Boucherville, Québec J4B 7J4
(514) 655-6084

Données de catalogage avant publication (Canada)

Laberge, Marc, 1950 27 nov.-
Destins

(Collection Clip ; 16)
Pour adolescents.

ISBN 2-89037-672-9
I. Titre. II. Collection.

PS8573.A1685D47 1994 jC843' .54 C94-940539-6
PS9573.A1685D47 1994
PZ23.L32De 1994

Les Éditions Québec/Amérique bénéficient du programme de subvention globale du Conseil des Arts du Canada.

Dépôt légal:
2e trimestre 1994
Bibliothèque nationale du Québec
Bibliothèque nationale du Canada

Diffusion:
Éditions françaises
1411, rue Ampère
Boucherville (Québec)
J4B 5W2
(514) 641-0514
(514) 871-0111 - région métropolitaine
1-800-361-9635 - région extérieure
(514) 641-4893 - télécopieur

Montage: Anie Massey
Révision linguistique: Marcelle Roy

TABLE DES MATIÈRES

PRÉFACE

Dans une école comme bien d'autres, une professeure un peu originale qui se passionnait pour les contes, cherchait un moyen efficace de transmettre à ses étudiantes et étudiants cette passion de l'imaginaire. Elle songea alors à faire venir un conteur dans sa classe. Quelle idée anachronique et extravagante! Il doit bien exister encore quelques conteurs au Québec, se disait-elle, mais on ne les trouve ni dans les pages jaunes ni dans les annonces classées... Elle finit par en dénicher un!

Le jour venu, il est entré dans la classe, un silence, un malaise : d'où vient-il? Personne ne savait rien de lui. Ni vu, ni connu... il se définissait conteur, en plein XXe siècle! Les élèves de la génération Disney-vidéoclips ont éprouvé un choc culturel, ils l'ont observé d'un air inquiet. Quel étrange personnage!

Voilà notre invité qui s'installe, comment va-t-il commencer? En guise de présentation, il parle de son métier. Porteurs de la mémoire d'un peuple, les conteurs transmettent des leçons de vie tout en alimentant l'imaginaire collectif. S'ils étaient nombreux à d'autres époques, ils sont aujourd'hui presque disparus. Président du Festival interculturel du conte à Montréal, Marc Laberge gagne sa vie en contant des histoires et en participant à divers événements : festivals en Europe et tournées scolaires, Fête autour du conte au Musée de la civilisation à Québec... et bien d'autres périples dans le monde des conteurs.

Puis le silence règne à nouveau, laissant toute la place à la parole conteuse. Dès les premiers mots la magie s'installe. Marc Laberge disparaît derrière ses paroles. D'une phrase à l'autre, les images défilent, les grands espaces, la nature... Transportés dans l'imaginaire, tous oublient l'école et ce morne lundi matin. Max occupe toute la place avec son mal de vivre, l'atmosphère devient lourde comme son désespoir. Quel destin tragique!

Saisis par ce voyage dans le temps, les jeunes ne savent trop comment réagir. Avec Le fœtus puis La clairière, le conteur les ramène à leur enfance, dans toute sa naïveté, sa fragilité. Sous la caresse et la chaleur du vent, le rêve berce chacun dans l'immensité du ciel bleu. Avoir la vie devant soi, du temps plein les poches et la fureur de vivre! Le bien-être s'établit.

Ma chasse-galerie *éveille en eux des scènes familières, des souvenirs presque oubliés. Tout le groupe s'envole grâce aux canards qui emportent les esprits dans des espaces imaginaires, où la nature philosophe. Quel bonheur de se laisser porter aussi par la pensée que « l'enfance est la source de tous nos souvenirs » et que « quand on est petit, on ne se rend pas compte que ces moments-là vont nous habiter toute notre vie ».*

Gourmands, les élèves en redemandent. La séance de contage se termine avec La souris des conteurs. *Derrière cette petite bête se cache la patience, la sagesse, mais aussi l'angoisse et la peur de l'homme. Voilà les aventures, les héros, les images racontées par* Marc Laberge. *Dans ses récits, la vie et la mort, la réalité et l'imaginaire, la nuit et la lumière s'opposent constamment, ravivant les souvenirs, les émotions fortes enfouies en chacun de nous.*

Le temps a filé, c'est déjà terminé… Tous l'auraient écouté encore! Un dernier silence, celui qui ramène sur terre, au beau milieu de la classe.

Mais d'où viennent toutes ces histoires, lui demande-t-on?

Ce que Marc *raconte lui vient de souvenirs et d'expériences vécues, ou encore d'idées qu'il fait vivre en lui et qui renaissent sous forme d'histoires. Marc confie à son auditoire que depuis longtemps il portait en lui ce désir de conter. Ses histoires ont longuement mûri avant qu'il ne les partage avec le grand public.*

Personne ne l'a initié à cet art, mais il apprendra vite, emporté par le mouvement de son imaginaire. Un premier prix au Festival du conte en Isère, à Grenoble, en 1991, le confirme dans ses aptitudes et son rêve. En 1992, le même festival l'invite à titre professionnel, et depuis il conte autant qu'il peut, ici et ailleurs. Finalement les hasards de la vie l'ont entraîné dans son métier de conteur.

Le souvenir inoubliable de cette matinée restera gravé dans la tête de plusieurs, y compris la mienne — car c'était moi, cette enseignante aux idées originales et anachroniques!... J'ai trouvé là, matière à alimenter et enthousiasmer ma classe durant plusieurs semaines.

Outre ces morceaux bien réels de merveilleux et de vie que nous a offerts le conteur, nous emportons aussi l'idée que « chacun de nous a des histoires en soi, et qu'il n'en tient qu'à nous de s'écouter vivre et de se raconter, mais aussi de s'inventer et de se sentir exister davantage ».

« Être conteur, dit Marc Laberge, c'est

un peu une attitude dans la vie, celle de rechercher partout, même dans le quotidien, toutes les choses qui peuvent être transformées et que l'on peut communiquer et faire revivre. »

Anne-Marie Aubin
Directrice littéraire
Québec/Amérique Jeunesse

Les mots nous regardent
ils nous demandent
de partir avec eux
jusqu'à perte de vue

Gaston Miron

MAX

Max travaillait dans une fonderie douze heures par jour dans l'humidité et la noirceur de la halle d'un haut fourneau. Dans cet immense hangar, les fenêtres couvertes de suie filtraient la lumière, et même par temps ensoleillé on se serait cru dans une caverne...

À la fonderie, on produisait des pièces de machinerie. Max travaillait avec d'autres gars à fabriquer des moulages en se servant d'un modèle placé au milieu d'une boîte remplie de sable collant. Une fois le sable bien tassé autour du modèle, on retirait celui-ci très délicatement et on refermait la boîte. Par une petite cheminée située sur le dessus, on coulait alors de la fonte pour remplir le vide créé par le modèle et obtenir ainsi la pièce désirée.

Le lendemain, il restait à démouler la fonte durcie pour voir l'objet. Les fondeurs n'étaient payés que pour les tâches réussies, et si l'objet moulé s'avérait défectueux, ils devaient recommencer. Ça a l'air de rien mais ce travail-là demandait beaucoup de minutie et en plus, les gars travaillaient penchés la moitié du temps. Fallait être jeunes pour endurer ça.

En plus, les contremaîtres suivaient de très près la cadence, assez que le midi les gars s'arrêtaient à peine pour manger. Leurs enfants, souvent, leur apportaient une soupe ou les restes du ragoût de la veille. Ils avalaient à toute vitesse, debout, accotés dans un coin, pour pouvoir se remettre au travail le plus rapidement possible. Il n'y avait vraiment pas de temps à perdre.

Une fois le plancher de la halle couvert de moulages prêts à recevoir la fonte, les mouleurs devenaient des fondeurs et faisaient une coulée. Ce jour-là, il régnait une atmosphère fébrile dans la fonderie. Le travail commençait très tôt le matin lorsque les charbonniers chargeaient le haut fourneau : un rang de minerai de fer ou de fonte, un rang de charbon, et ainsi de suite... Puis, les ouvriers mettaient la soufflerie en marche. Quand la température atteignait deux mille degrés, la matière entrait en fusion. Le feu devenait liquide.

Les soufflets produisaient un bruit infernal, comme les poumons d'un géant qui n'en finirait plus d'agoniser et de râler atrocement. Partout il y avait de la fumée pleine de poussière, et les lampes à pétrole ne projetaient plus qu'une pauvre lueur dont les faisceaux semblaient figés dans l'atmosphère, arrêtés par les particules en suspension.

Pour bien montrer qu'ils n'avaient pas peur, les gars enlevaient leur chemise et travaillaient torse nu. Le feu favorisait une sorte de délire d'intrépidité, une espèce d'étrange orgasme de l'homme qui éprouve un plaisir profond à côtoyer le danger, à le défier et à flirter avec lui. Les esprits devenaient survoltés. Ils atteignaient un état où ils n'avaient plus peur de rien, même pas de la mort. Y avait-il d'ailleurs plus beau défi que de la nier avec arrogance dans chacun de leurs gestes? À les voir jouer avec le feu, on aurait dit qu'ils se prenaient pour des dieux. Ce feu, devenu liquide, semblait les ensorceler.

Une fois la matière prête à couler, ils s'approchaient à tour de rôle du gueulard, l'ouverture du haut fourneau, avec leur creuset tapissé de glaise pour éviter les éclaboussures. C'étaient des moments dangereux parce que le métal en fusion pouvait à tout instant rejaillir et causer des brûlures extrêmement graves. À la lueur rosissante de la matière incandescente, on voyait les muscles rouler sous la peau ruisselante de sueur. Les hommes déversaient leur fonte dans les moules, produisant ainsi autant de petites flammes dont la fumée épaisse prenait des formes maléfiques. Un véritable enfer!

Max, lui, avait la responsabilité d'ouvrir et de fermer le gueulard avec une bourre d'étoupe fixée à une longue tige de métal. Comme pour mieux faire étalage de sa force, il manipulait la lourde tige en la gardant à bout de bras, et il avait la mauvaise habitude de la laisser retomber un peu brusquement après avoir bouché le gueulard. On l'avait pourtant bien averti à plusieurs reprises de faire plus attention à la fonte qui pouvait rester collée à la tige. Mais Max ne s'en souciait pas et faisait la sourde oreille. Il tenait rarement compte de ce que les autres disaient.

Ce jour-là, comme à l'habitude, Max répétait la même opération depuis le matin quand une toute petite particule de fonte, restée à l'extrémité de la tige, est arrivée sur le sol humide de la fonderie, d'où elle a été subitement projetée comme une goutte d'eau hors de l'huile bouillante. Personne n'a même remarqué cette minuscule particule de fonte. Elle a monté, monté très haut pour finalement atteindre directement la pupille de son œil. Sans véritable douleur, à peine un pincement, Max a senti son œil fondre, un peu comme si quelqu'un avait lancé un seau d'eau sur les objets qu'il voyait devant lui et que tout avait été lavé subitement.

À l'hôpital, la perturbation causée par l'accident a entraîné son autre œil dans le noir, comme si par sympathie il décidait de tomber lui aussi dans l'obscurité. À la fois paniqué par la cruelle sensation de noirceur totale et impuissant contre cette conjuration du mauvais sort, Max s'affolait à l'idée qu'il ne pourrait peut-être plus jamais voir.

Le docteur lui dit :

— Vous avez un œil de fini, mais l'autre va guérir, il n'y a rien à faire, sinon attendre.

Pendant sa convalescence, les yeux bandés, Max a éprouvé un choc. Seul avec lui-même, tout le temps pour réfléchir, il lui apparut que la vie était absurde. Travailler comme ça, pour une bouchée de pain, douze heures par jour, six jours par semaine et en plus, perdre un œil! Max se dit que cette vie-là n'en valait tout simplement pas la peine. On ne l'avait jamais amené à se demander ce qu'il voulait vraiment pour lui. Son père disait toujours : « Fais donc comme les autres. »

Max comprenait pour la première fois qu'il n'avait jamais rien décidé dans sa propre vie mais qu'il avait toujours mené son existence en fonction de ce que les autres attendaient de lui. Son plus grand rêve, c'était de partir à pied faire le tour du monde. Il décida donc qu'il partirait dès sa sortie d'hôpital...

Il l'a fait. Il a tout laissé là. Tout. À pied, rien dans les poches, pas de clés, pas de papiers, pas d'argent, il a pris le premier chemin devant lui et il s'est mis à marcher.

À l'époque, le Québec était plutôt rural. Il y avait des maisons éparpillées dans toutes les régions, même les plus éloignées. Quand Max avait faim, il se dirigeait vers une maison au hasard, il frappait à la porte et il demandait à manger : il quêtait. Quêter peut sembler bien simple, mais il faut savoir qu'un bon quêteux devait, en échange de l'hospitalité, fredonner un petit air, jouer de l'harmonica, raconter des histoires ou apporter au moins des nouvelles.

Lorsqu'un quêteux passait, on le gardait, on le nourrissait bien, on le laissait dormir sur le plancher à côté du poêle. Même que dans plusieurs maisons il y avait un « banc du quêteux ». Avant qu'il reparte, pour s'assurer qu'il ne jette pas un mauvais sort, la coutume voulait que les gens lui donnent un sou — une cenne noire, qu'on disait.

Mais Max ne savait rien faire, et quand on lui demandait d'où il sortait ou ce qui lui était arrivé, il ne répondait pas, il ne disait rien. Il n'avait tout simplement pas envie de se raconter. Alors on ne le gardait pas. On le mettait à la porte.

Max ne s'en faisait pas pour cela. Quand il voulait dormir, il rentrait dans le bois, arrachait des branches pour se couvrir et se couchait à même le sol nu. S'il y avait beaucoup de maringouins ou s'il pleuvait, il en arrachait plus encore. Chaque matin, il se levait avec l'aube en envoyant son paquet de branches dans les airs et, glorieux, contemplant le jour neuf devant lui, il se remettait à marcher et à rêver.

Il a marché comme ça pendant des jours, des semaines, des mois... D'un village à l'autre, il a fini par aboutir dans le fin fond du Témiscamingue. L'hiver approchait, les nuits devenaient de plus en plus froides, et Max avait besoin d'une place pour dormir. Il s'est rendu sur les chantiers de la Foxland, a rencontré le contremaître et lui a dit :

— Je sais bûcher.

— J'ai pas besoin de toé, rétorqua

l'autre, j'ai tout mon monde, mais je peux te prendre pareil. Comme t'as juste un œil, j'vas te donner la moitié de la paye.

— C'est correct, a répondu Max, indifférent.

Le travail lui a permis de revenir un peu à la vie, et même de se faire un ami : Josaphat, le bossu. Tout le monde l'appelait Zaphat.

Frappé par la polio dans son enfance, Zaphat avait hérité d'une bosse dans le dos. Sa mère lui avait dit à ce moment-là :

— La vie va être moins dure si t'apprends à t'occuper de toi plutôt que d'attendre après les autres.

Il avait compris et se débrouillait toujours tout seul. On le voyait des fois tout entortillé autour d'un billot trois fois long comme lui, et, pour le charger dans un traîneau, il le levait en lançant un grand cri qu'on entendait résonner dans la forêt comme si l'effort déployé lui arrachait les poumons. Jamais son infirmité ne l'empêcha de faire quoi que ce soit. Max et Zaphat bûchaient toujours ensemble. On les appelait « les estropiés ». Les patrons les aimaient parce qu'ils travaillaient tout le temps.

Habituellement, dans les chantiers, on engageait un conteur pour animer les soirées des bûcherons, car la noirceur tombait de bonne heure. Les gars trouvaient le temps long et s'ennuyaient. Mais la Foxland n'avait engagé personne : « Pas de dépenses inutiles », disaient les patrons.

Alors Zaphat faisait le conteur. Il racontait des histoires tristes comme sa vie, parce qu'il avait traversé à peu près tous les malheurs qu'on peut imaginer. Sa mère revenait souvent dans ses histoires, sans doute parce qu'elle lui avait donné beaucoup d'amour. Du coup les bûcherons aux gros bras pensaient à leur mère et, surpris d'être attendris, sentaient une brume derrière leurs paupières. De toute façon, ça n'a jamais fait de mal à personne de brailler un peu.

Alors, pour changer l'atmosphère, Zaphat sortait ses os et leur jouait un petit air. À la fin de la veillée, chacun donnait cinq sous à Zaphat : c'était sa paye. Tous les gars du chantier s'étaient attachés à lui. Les joueurs d'os ne couraient pas les chemins forestiers mais n'importe qui pouvait se fabriquer un instrument comme celui-là. Il fallait aller chez le boucher, lui demander des côtes de bœuf, les faire bouillir pendant deux heures à découvert — bien important sinon les os auraient tendance à craquer en séchant — , ensuite enlever ce qui restait de chair et les laisser sécher. Une fois taillés à une quinzaine de centimètres, après avoir été sablés grossièrement les os pouvaient servir d'instrument de musique. On ne pouvait pas imaginer un instrument plus populaire, et celui-là était probablement déjà en usage chez les chasseurs de la préhistoire.

Un jour, il y a eu un redoux et, même avec les raquettes, les gars s'enfonçaient jusqu'aux genoux dans la neige mouillante. Ça a toujours l'air merveilleux de fouler de la belle neige blanche, mais travailler une journée complète en traînant péniblement aux pieds de lourdes raquettes détrempées, ça n'a rien de poétique. Ce jour-là Max et Zaphat ont versé deux fois avec le traîneau parce que la neige avait trop ramolli. Bref, une bien mauvaise journée. Ils se préparaient à rentrer quand Zaphat dit à Max :

— Attends-moé une minute, je vas aller mettre cette épinette-là à terre, pis après, on va y aller.

Devant l'épinette il y avait une butte, sans doute formée par un arbre renversé sous la neige. Ou une souche peut-être...

Zaphat n'avait jamais fait un détour de toute sa vie et ce n'était pas aujourd'hui qu'il allait commencer, mais arrivé sur le dessus, il s'est enfoncé jusqu'au cou. Avec ses raquettes empêtrées dans les racines ou les branches, il a quand même réussi à se sortir de là de peine et de misère. Son infirmité ne l'aidait vraiment pas.

Trempé, il a continué, mais après cinq ou six pas, en se retournant subitement il a aperçu un ours derrière lui. À ce moment-là, il a compris qu'il venait de défoncer une « ouache »… la tanière d'un ours en train d'hiberner, si vous préférez. L'ours, dérangé, a dû penser qu'on l'attaquait, alors il a attrapé Zaphat évidemment incapable de se sauver, et debout sur ses pattes de derrière il l'a emprisonné dans ses pattes d'en avant.

Zaphat criait comme un déchaîné. Max l'a rejoint le plus vite possible, avec sa hache il s'est mis à bûcher l'ours dans la colonne, de toutes ses forces. On entendait les os craquer comme chez le boucher, le sang giclait de partout, l'ours ne grognait plus, il rugissait furieusement, la gueule grande ouverte à s'en décrocher les mâchoires, et il continuait de refermer son étau sur le malheureux Zaphat en train de se faire broyer. Ceux qui connaissent les ours devinent bien qu'il n'a pas lâché prise. Malgré les efforts désespérés de Max, Zaphat et l'ours se sont écroulés. Morts.

Max est resté là, pétrifié, impuissant devant l'inéluctable, face à l'obstination du destin qui venait encore de s'abattre! Le désastre en personne était venu manifester sa fureur puis était reparti, en toute insouciance. Le fil des événements de cette minute fatidique repassait sans fin dans sa tête, et il était si secoué que le mécanisme de sa pensée s'était enrayé sous la violence du choc. Son esprit bascula dans le vide, l'inconnu.

Une conjuration du sort, un enchaînement de hasards, une erreur dans le déroulement des événements, un accident de parcours? Dans le silence cruel de la forêt, Max s'abîmait dans les dédales de l'inexplicable.

Max ne pleurait pas, il n'avait aucune réaction, submergé dans un étrange brouillard de malheur flou. C'est alors que de la ouache est sorti un bébé ours! Et Max a compris que la bête abattue était une femelle qui venait de mettre bas...

Max a amené l'ourson avec lui. Il

est revenu près des baraques, plein de sang, et les gars ont bien vu que quelque chose venait de se produire. Ils voulaient savoir, ils lui ont demandé, mais Max n'a rien répondu, comme à l'accoutumée.

Le soir et la nuit suivante, on ne l'a pas vu au chantier, il n'a pas dessoûlé.

Le lendemain on l'a retrouvé couché sur une voie de chemin de fer. Le train venait de passer. L'ourson, assis à ses côtés, se léchait les pattes.

Si j'ai pu vous raconter cette histoire, c'est que Zaphat, c'était mon oncle!

LA RIVIÈRE

La nouvelle de la mort de Max et de Zaphat a circulé dans les campagnes comme une traînée de poudre. Les conteurs et les quêteux ont voyagé avec le récit d'un village à l'autre, et j'en connais plus d'un qui s'est fait servir un bon repas avec une histoire pareille. Les gens écoutaient, et spontanément toutes sortes de commentaires fusaient :

— Pauvres eux autres, c'est-tu pas d'valeur!

— Y en arrive-tu des affaires dans les chantiers!

— Pour moé, ça d'vait pas dire leur

Notre Père tous les soirs, ces gars-là.

Ceux qui avaient connu Zaphat disaient :

— Un si bon gars! Y aurait pas fait d'mal à une mouche! Du cœur au ventre, y en avait!

— Moé je l'ai déjà vu jouer des os dans la lueur des baraques au fond des bois. On aurait dit entendre le diable s'amuser à claquer les os des morts. J'en ai encore des frissons. Des joueurs comme lui y s'en fait plus!

Le père Didace aussi connaissait Max et, quand il a appris sa mort, il en a profité pour faire la leçon à ses enfants en disant :

— Vous voyez, c'est ça une vie de désordre, y avait juste à faire comme les autres pis rester à la maison.

Le père Didace habitait à Saint-Séverin-de-Danton. Il n'était jamais sorti de son village, il disait toujours que d'aller voir ailleurs, c'était du temps perdu et de l'argent jeté par les fenêtres.

Didace exploitait une grande terre très fertile délimitée par une rivière sinueuse dont les méandres dessinaient de belles grandes boucles. Une végétation adaptée au sol humide s'y développait et permettait à la rivière de couler encore plus doucement.

Ses voisins, les Beaupré, installés sur la terre de l'autre côté de la rivière, semblaient bien vivre puisque les enfants allaient à l'école aussi longtemps qu'ils le voulaient. Sur cette ferme, on peinait fort, mais toujours en s'amusant. Au temps des foins, on entendait la radio jouer à tue-tête, depuis que le père Beaupré s'était rendu à la demande de ses enfants qui voulaient écouter de la musique en travaillant. Le père s'amusait avec ses « jeunesses », comme il disait. Il ne restait peut-être pas d'argent au bout de l'année, mais tout le monde profitait bien de la vie.

Curieux de nature, le père Beaupré s'intéressait à tout! Depuis quelques années, il plantait des arbres sur sa terre pour faire un coupe-vent et empêcher que le sol ne soit emporté quand il ventait avec violence. On y trouvait des chênes argentés, des érables de Norvège... un vrai jardin botanique!

Il avait même commencé à s'intéresser à la culture biologique et n'utilisait ni pesticides ni engrais chimiques. Au début, ce virage écologique l'inquiétait. Il se demandait si le rendement diminuerait et s'il ne risquait pas de perdre des récoltes. « La nuit, ça me fait jongler! » disait-il. Mais, tranquillement, il a constaté que ce n'était pas si pire qu'il l'appréhendait. Les prix légèrement supérieurs qu'il obtenait pour ses produits biologiques justifiaient le risque.

Le plus vieux, chez les Beaupré, s'appelait Ovide. Un drôle de gars. Il chantait de l'opéra. Parfois, il montait sur le capot du tracteur, levait les bras et commençait à chanter des airs de Caruso, à gorge déployée, en plein milieu des champs. Il possédait tout un registre de voix et beaucoup de coffre. Mais le problème c'est qu'il chantait faux. Tellement faux que les sapins, sur le flanc des montagnes d'en face, semblaient détourner la tête et relever leurs branches inférieures comme pour se boucher les oreilles.

Chez les Beaupré, quand Ovide chantait, tous arrêtaient de travailler pour l'écouter et à la fin ils l'applaudissaient de toutes leurs forces. Même le tracteur semblait aimer l'entendre chanter. Un jour, monté sur le capot du Massey Ferguson, Ovide chantait à fendre l'âme quand soudain le moteur s'éteignit de lui-même comme pour mieux l'écouter. Toute la famille des Beaupré se tordait de rire au milieu des labours. Dans des moments comme ceux-là, le père Beaupré, lui, ne riait pas. Non, il ne riait pas. Il braillait, tellement ça le rendait heureux d'avoir toutes ses jeunesses autour de lui et de les voir rigoler.

Si tout le monde s'amusait bien chez les Beaupré, il en était tout autrement en face. Quand le père Didace entendait chanter Ovide, il disait :

— C'est un malade, c'te gars-là! J'suis ben écœuré de m'faire casser les oreilles par ces lamentations-là!

Au dire du Père, la vie n'était pas faite pour chanter! Il trouvait que tout coûtait trop cher, que ses enfants ne travaillaient pas assez, que les jeunes d'aujourd'hui ne faisaient que s'amuser et que dans son temps, ça se passait pas de même! Le monde travaillait... Bref, il bougonnait toujours pour tout et pour rien.

Il gardait son argent caché pour ne pas payer d'impôt.

— Ça m'intéresse pas de payer pour les autres, je veux pas leur donner une cenne à ces maudits-là! Je vas le garder mon argent, disait-il d'un air satisfait.

Didace sortait ses enfants de l'école pour se faire aider sur la ferme, et il n'était pas question de flâner. Au temps des récoltes, un jour où il les avait tous réveillés avant l'aube pour arracher d'une seule traite toutes les patates de son champ, il y en a un qui, après plusieurs heures de travail harassant, s'est risqué à faire le drôle... Il a lancé à son frère une patate — qui lui est arrivé en plein dans l'œil.

De l'œil s'est mis à couler un liquide visqueux, qui dégoulinait lentement sur la joue du gamin. Voyant ça, le père Didace a d'abord foutu une volée à celui qui avait lancé la patate :

— Tiens, p'tit sacrament, ça t'apprendra à jouer su'a job.

Ensuite, il a sorti de sa poche un vieux mouchoir, qu'il lui a plaqué dans l'œil, pour l'empêcher de couler.

— C'est pas grave, tu vas voir, j'vas t'arranger ça, pis tu vas pouvoir continuer à travailler. Tu peux encore arracher des patates avec rien qu'un œil.

Un peu plus tard, dans l'après-midi, le fils s'est plaint parce que le vieux mouchoir était tout mouillé. Alors le père a taillé un autre bandage dans une poche de patates.

— Lâche pas, la journée est pas finie. Ta mère va t'arranger ça plus tard, dit-il. Il a donné une autre paire de claques à celui qui avait lancé une patate à son frère, et la famille a continué à travailler jusqu'à la noirceur.

Le soir, la mère a essayé de soigner

l'œil de son fils avec de l'onguent, elle voulait l'envoyer à l'hôpital, mais le père a refusé parce qu'il aurait fallu payer :

— On va y aller demain si ça s'arrange pas, grommela-t-il, réticent.

En plein milieu de la nuit, un hurlement à crever les tympans a fait bondir toute la maisonnée. Le jeune venait soudain de constater avec horreur qu'un jus noir s'échappait de sa paupière. En se tordant de douleur, il a senti qu'il perdait son œil.

Le lendemain, Didace a décidé que ça ne valait plus la peine d'aller à l'hôpital. Alors la mère a fait un bandage noir au jeune, comme à un pirate. Il n'a jamais été question de lui payer un œil de vitre. On l'a surnommé « Beurre noir ».

Quelques années plus tard, le père Didace et Beurre noir s'étaient arrêtés pour manger une bouchée au fond de leur champ, pas très loin de celui des Beaupré. Depuis le temps de la colonie, les deux terres étaient séparées par la rivière dont le cours naturel traçait un grand méandre de leur côté à eux. Didace examinait cette situation qui l'ennuyait depuis longtemps puisqu'il devait toujours contourner cette courbe avec la machinerie, perdant ainsi une partie de la récolte. De plus il considérait que ce grand bout de terrain aurait dû lui revenir.

Depuis longtemps, le père Didace mijotait un plan dans sa tête :

— Vois-tu, Beurre noir, si on réussissait à faire passer tout droit la rivière pour qu'a coupe c'te croche-là, ce bout de terrain-là qui rentre su not'terre nous appartiendrait. Eux autres, ces sacramants de Beaupré-là y s'en servent pas, y laissent pousser les arbres pour aller faire un tour une fois de temps en temps. Si ce bout de terrain-là était à nous autres, on le bûcherait pis après on le cultiverait et ça nous rapporterait de l'argent. J'ai eu une idée, écoute-moi bien. Cet automne, quand l'eau va être ben basse, on va creuser un petit fossé pour couper la bande de terrain qui rentre su not'bord.

Comme ça, au printemps, l'eau va passer tout droit, pis ce coin de terrain-là va nous revenir.

— Ouin, le père, c't une bonne idée, ça!

L'automne venu, après avoir mis une pelle devant le tracteur, ils ont creusé le fossé en question, tout juste avant qu'il neige, au moment où le niveau de la rivière était à son plus bas.

L'hiver qui a suivi a été long et dur. Il ne faisait pas tellement froid, mais une bordée de neige attendait pas l'autre, c'était assez pour enterrer le pays au complet.

Au printemps, la rivière a effectivement suivi le passage creusé. Elle a commencé lentement à affouiller la berge du côté des Beaupré. L'eau montait de plus en plus, puis à un moment donné… la catastrophe! De grosses vagues déferlaient jour et nuit sur le terrain des Beaupré, entraînant dans le courant des monceaux incroyables de terre qui allaient se déposer plus bas, détruisant des frayères à poissons et changeant le cours de presque toute la rivière. Les inondations laissaient, ici et là, d'énormes masses de glaise. Finalement la terre des Beaupré fut lavée, tout le sol arable fut emporté. Cette crue des eaux ne leur a laissé qu'un immense désert de roches.

Il y eut un long procès, et le juge trancha en disant que puisque la rivière séparait les deux terres, faute de preuves, il ne pouvait rien faire.

Les Beaupré ont finalement été ruinés, ils ont dû vendre leur terre et s'en aller en ville.

Le père Didace a dit à son fils avec fierté :

— Ça leur apprendra à dépenser. Tu vois, s'ils avaient ramassé leur argent comme nous autres, y se retrouveraient pas avec rien aujourd'hui!

— Mais ils ont pas l'air d'avoir compris, renchérit Beurre noir. Paraît qu'ils continuent d'user le temps à chanter. On dit même qu'Ovide est devenu conteur.

LE FŒTUS

J'avais un frère un peu turbulent, semble-t-il, car ma mère me racontait qu'il était toujours en train de préparer un coup, parfois un bon mais le plus souvent un mauvais. Mes parents devaient toujours le surveiller, garder un œil sur lui, parce qu'à la première occasion il disparaissait, et du coup tout pouvait arriver. Déjà à quatre ans, on ne pouvait l'arrêter, il n'avait peur de rien. Il fallait qu'il gravisse tous les sommets! Souvent on le voyait apparaître en haut des échelles et des arbres, ou sur les toits. Une force étrange le poussait à grimper, à franchir l'infranchissable! Le danger était déjà son ami.

Quand il a commencé l'école, ma mère, enceinte, s'est sentie soulagée, mais pas pour longtemps. Dès la deuxième journée de classe, elle entend des coups déchaînés à la porte, et avant même qu'elle ait le temps d'ouvrir, les enfants du voisinage, affolés, hystériques, se précipitent vers elle en hurlant, des sanglots plein la gorge, faisant des gestes comme s'ils avaient perdu la tête :

— Venez voir, venez voir ce qui s'est passé!

Arrivée dehors juste devant la maison, ma mère a vu son fils... Mort! Il revenait de l'école quand, en traversant la rue à la course, il s'est faufilé entre deux voitures et s'est fait écraser. Personne n'a eu le temps de réagir, tout s'est passé tellement vite!

Je sais que cela peut paraître invraisemblable, mais mon frère semblait avoir anticipé sa mort. Peu de temps avant l'accident, fatiguée par sa grossesse avancée, ma mère traînait au lit avec mon frère et s'amusait à chercher un nom pour le bébé.

— Appelle-le Marc! avait-il suggéré.

— Mais tu t'appelles déjà Marc! on ne peut pas donner le même nom à tous les garçons de la famille, a répliqué ma mère étonnée.

— Si je meurs, donne-lui mon nom!

— Jouons à autre chose! s'était-elle empressée de répliquer.

Comment un enfant de six ans pouvait-il avoir de telles pensées? Après avoir longtemps hésité mes parents ont finalement décidé de respecter ses dernières volontés, voilà pourquoi je porte le nom de mon frère.

Au moment de l'accident, je vivais dans le ventre de ma mère, tranquille dans ma fosse abyssale. J'allais naître deux mois plus tard et je peux vous dire qu'une mère qui perd un enfant, ça frappe. J'ai senti que quelque chose d'important venait d'arriver. Il paraît que c'est prouvé scientifiquement qu'un fœtus commence à entendre ce qui se passe à l'extérieur deux ou trois mois avant l'accouchement, mais on dirait que c'est pire quand on ne voit pas... De l'intérieur j'ai ressenti des vibrations, et soudain une vague m'a sorti de ma torpeur. Que dis-je, une vague? Une marée montante de larmes...

Je ne savais que faire... J'ai cessé de sucer mon pouce pour goûter. La consistance de mon univers aquatique venait de changer, et j'ai découvert que les larmes avaient un goût de tendresse pure quand la douleur devient infinie comme l'horizon sur la mer. Les larmes avaient un goût d'eau de mère.

LA CLAIRIÈRE

Ma mère a mis beaucoup de temps à s'en remettre, un peu égarée à la recherche de souvenirs à jamais perdus, d'émotions qui ne seront plus jamais ressenties de la même façon. La blessure est restée ouverte bien longtemps... En elle persistait cette angoissante impression que la vie ne pourrait plus jamais être la même.

Perdre un enfant! Impossible de mesurer l'immensité du désespoir. Sentir que tout s'écroule autour de soi, que tout est illusoire, injuste. Éphémère. Comprendre comme jamais auparavant à quel point tout devient dérisoire quand on perd ceux auxquels on tient le plus. Ceux qui ont connu un tel malheur ne réussissent à s'en sortir, lorsqu'ils parviennent à passer au travers, qu'en transformant leur souffrance en un plus grand amour de la vie et de ceux qui restent. Curieuse nature humaine! Ce sont souvent les épreuves, ou même les défis qu'on se fixe volontairement qui donnent la profondeur et la force aux individus, les rendent mieux armés pour affronter l'existence, capables des plus grandes actions.

Désormais torturée par l'inquiétude maternelle et par l'idée que la fatalité pouvait s'abattre à nouveau sur les siens, ma mère ne se sentait plus la force de passer l'été en ville. Pour mettre un terme aux innombrables visites au cimetière, mon père construisit donc un petit camp dans le bois, espérant que la famille y retrouverait le calme après la tempête.

Un beau camp tout jaune. Mon père l'avait peint lui-même d'un jaune éclatant qui crie de joie... Certainement pas par hasard. La vie continuait, il fallait à tout prix penser à autre chose, changer le mal de place, essayer d'oublier. Ça semblait aller mieux, car depuis l'accident, ma mère avait moins peur des ours que des voitures.

Pas très loin du chalet, il y avait un petit pont qui enjambait la rivière. Je me souviendrai toujours du plaisir que j'éprouvais lorsque je m'y couchais pour regarder l'eau passer. J'étais fasciné par le reflet de mon visage qui se déformait et qui réapparaissait dans le courant, je ressentais la même fascination que devant le mouvement des flammes. J'ai regardé couler là plusieurs heures en m'écoutant rêver.

Dans ce camp, il n'y avait pas de réfrigérateur. Pour garder les aliments froids on utilisait simplement une glacière, dans laquelle il fallait régulièrement déposer un gros bloc de glace. Un chalet sans électricité! Essayez d'imaginer le silence qui régnait. Jamais de moteur qui ronronnait... Que des bruits naturels, des pas, le chant des oiseaux entrant par les fenêtres, la pluie qui tambourinait sur le toit, l'eau qu'il fallait pomper, la porte du poêle qu'on ouvrait pour nourrir le feu, et le crépitement qui reprenait de plus belle. Que des bruits rassurants.

Il n'y avait pas de télévision, fallait regarder dehors, on s'ennuyait parfois, mais ce n'était pas nécessairement désagréable. Fallait alors penser à quelque chose, s'inventer un petit monde. Durant les grosses chaleurs de l'été, assis à table, on entendait la cigale chanter, on avait un peu l'impression de vivre avec elle. Le soir, environné par la nuit, tout le monde se couchait tôt. Les lampes à huile lançaient leur faible lueur et mon grand plaisir était de suivre les longues ombres portées sur les murs lorsque quelqu'un se déplaçait. L'endroit devenait soudain peuplé par des géants de pénombre.

Lors de la visite du livreur de glace, tous s'affairaient à la délicate opération de transporter le gros bloc avec un monstrueux crochet à mâchoire et à le placer dans le compartiment supérieur de la glacière. À la moindre goutte d'eau sur le plancher toujours propre de ma mère, on sortait *moppe* et guenilles pour effacer toute trace de dégât. Pendant que ce branle-bas occupait toute la maisonnée, j'en profitais pour me sauver. Rapide comme l'éclair, je me faufilais derrière la haie d'arbrisseaux, au fond du terrain. Rendu de l'autre côté, sans attendre un instant, je fonçais vers la droite et franchissais une distance d'une bonne douzaine d'arbres, avant de déboucher, à bout de souffle, dans une petite clairière.

Là se trouvait mon refuge secret, mon bout du monde. J'étais convaincu que personne ne connaissait cet endroit ni ne pouvait m'y retrouver.

Dans ma clairière, de longues herbes blondes dansaient au vent, il n'y en avait pas deux pareilles. Elles cachaient des petites fleurs sauvages aux formes étranges qui poussaient protégées de tout. Au pied d'un arbre, mon amie la chenille ne s'affolait jamais devant l'ampleur de la tâche qui l'attendait…

J'adorais me mettre le nez très proche du sol. J'aimais respirer l'odeur de la terre, le sable, la verdure, la rosée. La mousse après la pluie. L'odeur de la forêt chauffée par le soleil m'enivrait, la fraîcheur de l'ombre qui soulage de l'ardeur de la lumière me comblait. Je me plaisais à imaginer des bêtes dans les fourrés juste à côté et parfois, apeuré mais prêt à affronter les pires dangers, je me retournais soudainement, convaincu de voir apparaître au moins un ours sinon un de ces grands fauves qui régnaient dans mes rêves.

Couché sur le dos parmi mes longues herbes blondes, les mains derrière la tête, un foin entre les dents, je jouais à un jeu auquel tous les enfants du monde ont joué, celui de faire des vœux, et j'essayais de voir dans la forme des nuages des présages à leur réalisation.

Le moment et le lieu varient pour chacun, mais moi c'est là, bien collé au sol, les yeux pleins de ciel bleu, que je me suis aperçu tout bêtement, pour la

première fois, que j'étais quelqu'un.
Que j'existais.

MA
CHASSE-GALERIE

J'ai souvenir d'un matin, très tôt vers cinq heures... Je m'en souviens parce c'était le jour de mon anniversaire, je venais tout juste d'avoir neuf ans. Le claquement d'un rond m'a sorti de mon sommeil : dans la cuisine, quelqu'un allumait le poêle à bois.

Il faisait froid dans la maison, et dans mon lit, bien au chaud sous mes couvertures, je ne voulais pas me lever. Mais j'ai senti qu'il se préparait quelque chose en bas. Ça a piqué ma curiosité. Alors je me suis presque gelé les pieds en les posant sur le plancher, j'ai relevé le col de mon pyjama de *flanelette* que ma mère m'avait fait et j'ai descendu l'escalier. Les marches craquaient, tellement il avait fait froid durant la nuit. On aurait dit que les clous se tordaient dans le bois.

Au bas de l'escalier, j'ai regardé par la fenêtre, il faisait encore noir, et même les étoiles avaient l'air gelées. Arrivé dans la cuisine j'ai aperçu mon père :

— Pa! Qu'est-ce que tu fais là, debout à cette heure-là?

— J'vas aller faire un tour dans le bois, tendre des collets.

On n'était pas bien riches chez nous, alors le samedi mon père allait dans le bois pour attraper des lièvres et des perdrix et qu'on ait un peu plus de quoi manger. Le pauvre homme travaillait fort et il gagnait tellement peu d'argent que ça prenait tout pour qu'il puisse nous envoyer à l'école. Mais ce matin-là, tout fier de mes neuf ans accomplis, je me sentais plus mature que jamais et enfin prêt à accompagner mon père.

— Pa! emmène-moi, j'aimerais ça aller avec toi.

— Non! Non! je t'amène pas. Il a fait froid sans bon sens, ça a gelé dur la nuit passée. Tu vois, j'ai rempli le poêle de bois pis je réussis même pas à réchauffer la maison. Je pars pour toute la journée, il va probablement neiger, je pourrai pas te porter, t'es trop grand maintenant. Non, non, reste ici, ta mère pis les autres vont se lever, vous allez déjeuner, si tu veux pas te recoucher, installe-toi au chaud à côté du poêle.

Il avait bien dit « t'es trop grand maintenant », et ça résonnait dans ma tête comme si je venais de franchir un grand pas dans ma vie :

— Pa! je veux y aller, je veux aller avec toi. Envoye donc! T'en fais pas, j'vas te suivre partout! T'auras pas besoin de m'attendre ni de m'porter.

Bien important que je dise ça parce que, lui, quand il allait dans le bois, il marchait pendant des heures. Il faisait des petits pas courts, mais rapides. Il se déplaçait vite d'un endroit à l'autre, comme un écureuil.

— Promis? tu vas me suivre, pis tu brailleras pas pour revenir?

— Promis!

— OK d'abord. Habille-toi comme il faut, pis prends-toi quelque chose à manger.

Nous sommes donc partis ensemble. Pour la première fois, mon père consentait à m'emmener avec lui pour toute une journée dans le bois. Quelle journée extraordinaire, on s'enfonçait dans les forêts et on ne rencontrait personne. À un moment donné, il s'approchait d'une talle d'arbres — pourquoi celle-là plutôt qu'une autre, je ne sais pas — et il se mettait à marmonner, à dire des paroles que je ne distinguais pas. On aurait dit qu'il parlait aux bêtes, et moi je suis certain que les bêtes comprenaient ce qu'il disait.

Ensuite, il se penchait, cassait trois ou quatre petites branches pour suggérer un passage au lièvre, et finalement attachait un fil de laiton à un petit arbre. Il savait très bien trapper parce qu'il l'avait appris de son père. Silencieux à ses côtés, j'observais sa façon d'installer les collets. J'aimais ça le regarder faire. Mais quand on est petit, on ne se rend pas compte que ces moments-là vont nous habiter toute notre vie.

J'aimais être seul avec mon père. Il travaillait silencieusement, consciencieusement. Il était constamment à l'écoute de la nature et des animaux. Il ne parlait pas beaucoup, mais à un moment donné il m'a dit :

— Tu vois l'arbre, là-bas? Alors regarde bien ça, le lièvre va arriver par là en courant à toute vitesse, y va déraper un peu en tournant le coin, pis en sautant par-dessus cett'roche-là, y va s'en venir direct dans le collet.

Je savais que mon père était meilleur que tous les autres et qu'il ne disait que la vérité. Alors moi, tout fier comme un petit gars de neuf ans qui se sent consulté, je suis parti, les deux mains dans les poches, et j'ai examiné le plus sérieusement du monde ce qu'il venait de me dire. Je suis allé voir s'il y avait assez de place pour que le lièvre puisse passer derrière l'arbre et si la roche n'était pas trop haute pour que le lièvre puisse sauter par-dessus... j'ai regardé l'alignement avec le collet et je lui ai répondu :

— Ouais! Ça a du bon sens, pour moi c'est ça qui va arriver.

Le midi on s'est arrêtés pour manger. Assis sur une bûche, on a avalé un sandwich sans prendre trop de temps, parce qu'après avoir eu chaud en marchant on risquait de se refroidir rapidement. En buvant sa tasse de thé coupé avec du lait, mon père, pour la première fois, s'est mis à me raconter une histoire qu'il avait vécue quand il avait mon âge :

— Chez nous, c'était moi le plus vieux des gars, pis pâpâ y avait besoin d'aide sur la terre. Tout seul, il ne pouvait pas ramasser et en même temps faire bouillir l'eau d'érable, alors il m'a sorti de l'école en troisième année pour que j'aille l'aider. Ça m'arrangeait, j'aimais pas ça l'école, j'avais bien plus hâte de faire la même chose que les hommes que de faire mes devoirs. Donc, un beau jour, il m'embarque avec lui, dans le traîneau attelé à la jument, la Bellestée. Je m'en souviendrai toujours, on a remonté les champs jusqu'au bout, on est rentrés dans le bois, ça m'a bien frappé d'aller jusqu'à la cabane à sucre, au fond de la terre, j'ai eu l'impression d'arriver au bout du monde. Mais la noirceur de la nuit m'a terrifié, j'avais une peur « du maudit », je braillais sans arrêt, inconsolable. Pâpâ a dû ratteler la jument pour me redescendre à la maison dans la grosse noirceur. Il suivait le chemin de bois du mieux qu'y pouvait avec son petit fanal à huile, et même la Bellestée avait l'air de mauvaise humeur. Mes cousins et mes amis ont tellement ri de moi que la semaine d'après, j'y suis retourné, bien décidé de ne plus avoir peur de rien.

Écouter mon père me raconter des histoires me fascinait. Je m'imaginais à sa place. C'est toujours curieux de penser que nos parents ont déjà été jeunes.

La journée avançait, on est repartis en continuant notre tournée des collets. Fait impressionnant, on prenait encore du gibier. À la fin de la journée, on a rebroussé chemin, contents, avec nos quatre lièvres et nos six perdrix. On avait hâte d'arriver pour montrer nos prises à la famille.

Soudain au retour on a aperçu, à travers les arbres, une ouverture qui formait comme un sentier. On a parfois cette impression-là, à l'automne quand les feuilles sont tombées. Mon père, étonné de n'avoir jamais remarqué ce passage auparavant, décida, malgré la « noirté proche » comme il avait l'habitude de dire, de s'aventurer dans cette direction, espérant découvrir un nouveau territoire giboyeux. Même si j'avais pas encore rechigné, je commençais à être plutôt fatigué de ma journée, mais j'ai dû suivre, j'avais promis.

On a avancé dans le sentier, il y avait beaucoup de fardoches, le sous-bois était encombré, fallait lever haut les jambes, s'arracher aux broussailles et se servir de nos bras pour se frayer un passage. Après un certain temps, on se doutait bien qu'il y avait quelque chose plus loin mais on savait pas quoi. Même mon père, avec toute son expérience des bois, ne comprenait pas. On a continué. Et là j'ai cru percevoir une vibration au loin, comme si des truites avaient sauté au-dessus de l'eau. C'était impossible, je le savais. À l'automne, les truites ne sautent plus, elles frayent. Plus ça allait, moins on comprenait.

Mais tout à coup le tableau est apparu. Incroyable! on n'en revenait pas... on n'avait jamais vu quelque chose de semblable. Il y avait là un petit lac gelé avec environ deux cents à deux cent cinquante canards, les pattes prises dans la glace. Une chose comme celle-là est tout à fait exceptionnelle, ça n'arrive que rarement, quand les canards se posent, tard, le soir, sur un lac, et que durant la nuit il y a une baisse très brusque de température. La glace se forme, et le lendemain les canards ne peuvent plus décoller.

Imaginez ces pauvres oiseaux affolés qui battaient des ailes pour essayer de déprendre leurs pattes emprisonnées.

Quand mon père a vu ça, il a sorti sa petite hache, a sauté sur le lac gelé et a commencé à casser la glace. Quant à moi, je restais sur le bord, sans bouger, paralysé :

— Mais qu'est-ce que tu fais là, pa?

— Prends ton couteau, pis casse la glace de l'aut'bord.

Alors je me suis mis à briser la glace de toutes mes forces en faisant le tour du lac. Rendus à l'autre bout, il ne nous restait qu'un peu de glace à casser, mon père m'a arrêté et m'a dit :

— Tire-toi au milieu!

— Quoi?

— Tire-toi au milieu, pis pose pas de questions, envoye!

Avec toutes les précautions du monde, conscient du danger que cela représentait, mon père a fini de casser la glace, puis il m'a rejoint au centre. Si vous aviez vu la scène! Les canards affolés battaient des ailes dans un fracas épouvantable. La plaque de glace sur laquelle on se trouvait s'est mise à vibrer comme si elle allait éclater en mille morceaux. Les bords ont commencé à lever et presque aussitôt la plaque s'est soulevée d'un coup. Je n'y comprenais rien, je croyais devenir fou. Ça se pouvait pas! Mais je vous le jure, on montait dans les airs. À une certaine hauteur, on est partis sur le côté, et heureusement qu'on a seulement frôlé la tête des arbres, sinon, un rien de plus et on s'écrasait avec les canards. Mais non! on a continué à lever!

Les canards ont soudain arrêté de monter. Dans les airs, on pouvait voir au travers de la plaque, comme par une fenêtre. C'était fabuleux! Quelques têtes d'épinettes noires dépassaient au-dessus des autres et semblaient se disputer les derniers rayons du soleil. Tout à coup, j'ai aperçu un orignal… En nous voyant il a semblé tellement effrayé qu'il a déguerpi à vive allure. Fauchant tous les arbres devant lui, il traçait dans le bois un sentier semblable à une petite ligne électrique.

Occupés à regarder défiler le paysage sous nos pieds, nous avons été surpris par des « **Ouwoat, ouwoatwat!** » Tout près de nous passait un magnifique « voilier » d'outardes, comme on dit par ici. Vous savez, ces grands oiseaux aux plumes violettes qui vont passer l'hiver sous des cieux plus cléments et qui battent des ailes si doucement qu'on se demande comment ils font pour se tenir dans les airs.

Les outardes s'éloignaient, puis subitement on n'a plus rien vu. Tout s'est comme évanoui autour de nous. Je ne me sentais pas trop brave, mais la présence de mon père me rassurait. Et soudainement tout est redevenu comme avant! C'est en jetant un coup d'œil derrière que j'ai tout compris! Savez-vous ce qu'il y avait là? Un nuage! On venait de traverser un nuage.

Le nuage, le vent, le soleil, tout s'y mettait… pour faire fondre la plaque! Et à mesure qu'elle fondait, les canards

se dégageaient, deux ou trois d'un côté, trois ou quatre de l'autre. En me retournant, j'en ai même vu une quinzaine se libérer et ils ont déguerpi! Il y en avait de moins en moins pour nous faire voler, et après tout des canards c'est tout petit, on ne peut pas trop leur en demander. La plaque allait donc d'un côté et de l'autre. On commencait à se poser des questions... quand tout à coup on a aperçu notre maison au loin.

— Pourvu qu'on se rende! a marmonné mon père.

La glace fondait toujours... et la plaque descendait, descendait de plus en plus vite... on a fait un atterrissage en catastrophe dans le jardin derrière la maison! Heureusement on avait labouré la veille, mais même dans la terre molle la plaque s'est fracassée, et les derniers canards se sont tous envolés, enfin libres.

Mon père et moi avons fait chacun quatre ou cinq tours à même le sol avant de pouvoir nous relever sains et saufs, avec de la terre plein les poches et dans le creux des oreilles. Après nous être secoués et avoir ramassé nos lièvres et nos perdrix, nous avons rejoint ma mère dans la maison et nous avons préparé tous ensemble un beau grand souper. Il y avait abondamment à manger et nous avons raconté notre histoire. Quand nous avions fini, il fallait recommencer...

J'ai compris, depuis, que cette aventure a été la source de mes plus beaux souvenirs, et après il a toujours fallu que je retourne dans le bois et que je raconte des histoires.

LA MEUTE

Saint-Mathurin, un petit village des Appalaches, a connu dans les années trente des événements très inquiétants. Tous les villageois étaient sur le qui-vive. Trois fois de suite le même scénario s'est produit : chez un couple de personnes âgées, la femme décède et peu de temps après l'homme disparaît mystérieusement sans laisser de traces, si ce n'est des empreintes d'animaux et des fragments d'objets disparates. On a eu beau interroger les voisins, enquêter, offrir des primes pour le moindre renseignement pouvant relancer les recherches, rien n'y faisait. Impossible à comprendre, aucun motif apparent, aucune marque de vol, aucun lien véritable entre les victimes sinon qu'elles se connaissaient. Rien d'autre.

Trois disparitions ont ainsi eu lieu dans les mêmes conditions. Le Premier ministre de l'époque a institué une commission d'enquête pour tenter d'éclaircir l'affaire. Au bout d'un an on a fermé le dossier, faute d'indices.

Par une nuit glaciale, Ligori Labrèche, un habitant du village, assistait sa meilleure vache laitière qui avait des problèmes à mettre bas, quand il a entendu un bruit inhabituel. Curieux, il va voir dehors, il aperçoit au loin une voiture traînant une remorque. Il distingue quelque chose comme un bruit sourd, étouffé, qui ressemble à des aboiements.

Le lendemain, panique au village, on apprend une autre mystérieuse disparition. Tout comme pour les trois autres, personne n'a rien vu, impossible de comprendre. Toujours rien.

Sans trop savoir pourquoi, Ligori se rend au poste de police du village, raconte ce qu'il a vu et entendu au cours de la nuit précédente, fournissant le signalement de la voiture et de la remorque. Sans conviction, la police enquête.

Dans un village voisin, encore plus retiré dans les Appalaches, on a retrouvé la voiture en question sur une ferme où vivait seul un vieux garçon, sympathique, accueillant et poli. Encore une fois convaincus de perdre leur temps, les policiers lui demandent de bien vouloir les suivre pour quelques questions d'usage.

Pendant la conversation, un enquêteur remarque que la bague de l'homme est légèrement ébréchée et fait le lien avec un petit éclat de la même couleur retrouvé sur les lieux de la deuxième disparition. Interrogé plus sérieusement, le type finit par avouer et, avec un sang-froid étonnant, il raconte très calmement son histoire.

— Depuis des années, je garde une meute de chiens dans mon étable. Je les ai entraînés à chasser pour se nourrir parce que je ne leur donnais rien à manger. Après une semaine ou deux de jeûne, quand je sentais qu'ils étaient sur le point de commencer à s'entredévorer, je les embarquais tous dans mon camion et je les conduisais dans les montagnes à dix ou quinze kilomètres de ma ferme. Même l'hiver, je les abandonnais là et je m'en retournais les attendre à la maison. Ils apprenaient à se débrouiller, à attaquer pour survivre, et ça permettait aux leaders naturels de s'affirmer. Ils étaient tellement affamés qu'ils dévoraient littéralement tout ce qu'ils trouvaient sans laisser de traces. Je peux pas vous dire comment ils faisaient pour s'orienter mais, tôt ou tard, les chiens rassasiés retrouvaient à chaque fois la ferme. La force et l'endurance de mes bêtes me fascinaient.

Cela expliquait enfin pourquoi, se dirent les policiers, depuis quelques années des fermes d'élevage et des « ravages » de chevreuils ont été régulièrement dévastés dans toute la région sans qu'on sache ce qui s'était passé.

— Pour me faire obéir, je pendais le chef de la meute par le cou, puis je revenais le délivrer juste au moment où il était presque totalement étouffé. J'en ai bien perdu quelques-uns, mais ceux que j'ai décrochés à temps m'ont été loyaux jusqu'à la fin. Ils obéissaient à tout.

Je peux vous avouer maintenant que c'est moi qui suis allé chez les vieux, continua-t-il. À chaque fois, j'amenais mes chiens tellement affamés, qu'ils étaient prêts à tuer pour manger. Je sonnais à la porte prétextant une panne ou autre chose, question de faire sortir le vieux. J'ordonnais alors aux chiens d'attaquer, et je restais là jusqu'à ce qu'ils aient parfaitement nettoyé la place.

— Ce qui nous étonne c'est qu'on n'a pas trouvé de trace de vol d'argent ou de quoi que ce soit, dans aucun des cas. Alors pourquoi?... Mais POURQUOI t'as fait ça? demande le policier, consterné.

— Guide de chasse, mon père gagnait péniblement sa vie. Accusé d'avoir tué deux Américains dans le bois il a été condamné à la pendaison. Les quatre vrais coupables ont témoigné contre lui. Moi, je le savais innocent parce que la nuit du double meurtre, comme d'habitude on braconnait ensemble du côté du Maine. Lorsque j'ai comparu en cour, ils ne m'ont pas cru parce que j'étais un enfant — le sien! Il fallait un coupable, et en plus ils étaient trop contents de se débarrasser d'un braconnier irascible. Imaginez notre humiliation. Nous avons dû déménager, changer de nom. Ma mère est décédée pas longtemps après, aigrie et désespérée. Je me suis fait oublier pendant un bout de temps, me jurant de finir par régler mes comptes. Oui! je l'ai fait pour lui, pour le venger. Pour mon père qui gagnait si péniblement sa vie.

Et tout doucement il a ajouté avec la voix de celui qui a toujours très bien connu le motif profond de chacun de ses actes :

— Vous allez me pendre, mais cette fois au moins vous allez pendre le vrai coupable.

LA SOURIS DES CONTEURS

Les gens me demandent souvent comment je construis mes histoires. Eh bien! si vous voulez, je vais vous en créer une devant vous. Je vais essayer de vous composer un conte, là, comme ça.

Disons que pour inventer une histoire il faut certains ingrédients qu'on met à mijoter dans sa tête. Par exemple, je prends un brave homme, puis des bandits, des méchants, j'ajoute une mer, oui une mer avec une plage, puis de belles grosses vagues qui viennent s'abattre sur le sable.

Donc, voilà notre brave homme. Appelons-le Hector. Il marche sur la plage en poussant du sable avec ses pieds. Puis il éprouve une sensation étrange, que l'on ne peut ressentir qu'au bord de la mer, en regardant au loin, à perte de vue. Lorsque le calme de la ligne d'horizon s'installe en lui, Hector est perdu dans ses pensées.

Mais derrière les dunes, à son insu, de vilains personnages surveillent. Ils observent, à l'affût d'un mauvais coup. Voyant notre ami Hector en train de rêvasser en toute quiétude, ils se disent :

— Tiens! Voilà quelqu'un qui a beaucoup pensé. Il doit sûrement posséder des pouvoirs que les autres n'ont pas.

Alors ils se précipitent sur le pauvre homme — qui n'offre aucune résistance, parce qu'il ignore la violence. Les brutes s'emparent de lui, le frappent, le battent :

— Allez, donne-nous tes pouvoirs, donne-nous tes pouvoirs.

— Mais je ne peux pas vous les donner comme ça, il faudrait que vous acceptiez d'écouter, de prendre du temps, beaucoup de temps, pour réfléchir, comprendre, et pouvoir ensuite créer des liens entre les choses. Apprendre, c'est difficile, ça demande des efforts.

Et Hector tente de leur expliquer de toutes les façons possibles que dans de telles conditions, il ne peut leur transmettre ses pouvoirs.

— Non! Nous voulons tout, et tout de suite, on n'a pas que ça à faire. Nous autres, on n'aime pas attendre.

Ils s'acharnent sur Hector, redoublant la force de leurs coups. Sans l'ombre d'un sentiment humain ils le torturent, lui arrachent les ongles…

Au bout de quelques heures de ce traitement infernal, voyant qu'ils n'obtiendraient rien de lui, les vilains personnages décident de le ligoter de la tête aux pieds jusqu'au lendemain. Ils s'éloignent et allument un grand feu sur la plage, mangent comme des porcs, boivent comme des ivrognes. Ce soir-là, celui qui n'aurait pas pu faire cul sec de tout un litre de mauvais vin se serait attiré le mépris des autres!... Tard dans la nuit, ils s'endorment en rotant et en vomissant leur ennui de vivre sur le reste de l'univers.

Vous devinez que pendant tout ce temps Hector, lui, n'avait pas fermé l'œil. Se voyant dans cet état, l'idée que peut-être demain n'existerait pas l'avait envahi et le rendait profondément triste. À quelques reprises au cours de son existence, il avait eu l'impression de vivre le dernier jour de sa vie. Mais jamais comme cette nuit-là il n'avait été autant envahi par la peur, l'angoisse, le douloureux sentiment qu'aujourd'hui serait peut-être la fin. Pendant que ses forces l'abandonnaient, il constatait combien il aurait aimé jouir de son corps quelques années de plus.

Ce qui angoissait le plus Hector, c'était le nombre de projets qu'il lui restait encore à réaliser avant de partir, combien de défis à relever, et combien de matins encore il pourrait se réveiller et respirer l'air frais d'un jour neuf.

Ficelé comme un saucisson, Hector ne pouvait bouger ni la tête, ni les bras, ni les jambes. Rien! Sauf le petit doigt d'un pied, avec lequel il s'est mis à dessiner une petite souris sur le sable. Il a d'abord tracé un corps, des pattes, une belle queue. Ensuite il a ajouté une tête, des oreilles, des yeux, et bien sûr de belles grandes moustaches fines, une bouche avec des dents bien acérées. Soudain, comme par enchantement, la souris est devenue vivante et de ses dents elle a coupé tous les liens qui retenaient Hector prisonnier.

Dessiner des souris qui libèrent les hommes, voilà ce que font les conteurs.

Et maintenant je vais m'étendre
la tête entre deux mots
dans ce lieu mystérieux
où naissent les contes.

À force de raconter l'imaginaire
on finit par l'habiter...

REMERCIEMENTS

Je remercie très sincèrement tous ceux qui, par leurs encouragements et leurs commentaires, m'ont aidé à concrétiser ce projet : Michèle Vincelette, Marcelle Roy, Sylvie Vincent, François Girard.

J'aimerais exprimer ma gratitude à Thierry Vincent, qui m'a aidé à franchir les premières étapes du passage de l'oral à l'écrit, ainsi qu'à Anne-Marie Aubin qui m'a accordé sa confiance et sans qui ce projet n'aurait jamais vu le jour.

Des remerciements tout à fait particuliers à mes parents Charles et Rita qui ont alimenté mon imaginaire par leurs récits et qui, par leur générosité et surtout par leur amour, m'ont aidé à devenir la personne que je suis aujourd'hui.

Merci aussi à tous ceux qui ont parfois déposé sur mon chemin un livre, un récit ou une anecdote, un simple mot ou un geste de tendresse, tous ces gens qui en toute générosité ont de près ou de loin contribué à ce livre.

DANS LA MÊME COLLECTION

TITAN JEUNESSE

Cantin, Reynald
Série Ève
J'AI BESOIN DE PERSONNE #6
LE SECRET D'ÈVE #13
LE CHOIX D'ÈVE #14

Côté, Denis
NOCTURNES POUR JESSIE #5

Daveluy, Paule
Série Sylvette
SYLVETTE ET LES ADULTES #15
SYLVETTE SOUS LA TENTE BLEUE #21

Demers, Dominique
Série Marie-Lune
LES GRANDS SAPINS NE MEURENT PAS #17
ILS DANSENT DANS LA TEMPÊTE #22

Grosbois (de), Paul
VOL DE RÊVES #7

Labelle-Ruel, Nicole
Série Cri du cœur
UN JARDINIER POUR LES HOMMES #2
LES YEUX BOUCHÉS #18

Lazure, Jacques
LE DOMAINE DES SANS-YEUX #11
PELLICULES-CITÉS #1

Lemieux, Jean
LA COUSINE DES ÉTATS #20

Marineau, Michèle
LA ROUTE DE CHLIFA #16

Série Cassiopée
CASSIOPÉE OU L'ÉTÉ POLONAIS #9
L'ÉTÉ DES BALEINES #10

Martel, Robert
LOUPRECKA #3

Montpetit, Charles
COPIE CARBONE #19

Vanasse, André
DES MILLIONS POUR UNE CHANSON #8

COLLECTION CLIP

April, Jean-Pierre
N'AJUSTEZ PAS VOS HALLUCINETTES #4

Barthélémy, Mimi
LE MARIAGE D'UNE PUCE #5

Bélil, Michel
LA GROTTE DE TOUBOUCTOM #13

Cantin, Reynald
LE LAC DISPARU #8

Collectif
LA PREMIÈRE FOIS, tome 1
LA PREMIÈRE FOIS, tome 2
PAR CHEMINS INVENTÉS #10
ICI #12

Gagnon, Cécile
L'HERBE QUI MURMURE #7

Laberge, Marc
DESTINS #16

Lazure, Jacques
MONSIEUR N'IMPORTE QUI #14